Escrita por Mélanie Kuta

Traducida por Laura Bernal Martín

Zazie en el metro

de Raymond Queneau

ResumenExpress.com
GUÍA DE LECTURA
Cincuenta
sombras
de Grey
de E. L. James

RAYMOND QUENEAU

POETA, NOVELISTA, LINGÜISTA Y CIENTÍFICO FRANCÉS

- **Nacido en 1903 en El Havre (Francia)**
- **Fallecido en 1976 en Neuilly-sur-Seine (Francia)**
- **Algunas de sus obras:**
    - *Ejercicios de estilo* (1947)
    - *Cien mil millones de poemas* (1961), poesía
    - *El vuelo de Ícaro* (1968), novela

Raymond Queneau nace en El Havre en 1903. Desde pequeño le apasionan los idiomas y, más tarde, también explora los ámbitos de las matemáticas, del cine, del surrealismo e incluso del psicoanálisis.

Es un escritor fuera de lo común, y su obra reagrupa una gran variedad de textos que dan prueba de su curiosidad intelectual y de su originalidad: novelas, ensayos, poemas, canciones y traducciones. En 1947 publica una de sus obras más célebres, *Ejercicios de estilo*, pero el reconocimiento del gran público lo logra con *Zazie en el metro* (1959).

En 1960, funda con François de Lionnais el grupo literario OuLiPo (Ouvroir de Littérature Potentielle, Taller de Literatura Potencial en español), que todavía a día de hoy propone reflexiones sobre las ataduras literarias y anima a la creación en todos los géneros. Fallece en París en 1976.

ZAZIE EN EL METRO

UNA OBRA PINTORESCA

- **Género:** novela
- **Edición de referencia:** Queneau, Raymond. 2011. *Zazie en el metro*. Traducido por Fernando Sánchez Dragó. Barcelona: Marbot
- **Primera edición:** 1959
- **Temáticas:** infancia, mundo de los adultos, sexualidad, lenguaje popular, sociedad francesa, apariencia

Zazie en el metro, que narra las increíbles aventuras de una descarada chiquilla en las calles de París a finales de los años cincuenta, sale a la luz en 1959 y se convierte en un verdadero éxito de ventas.

Como en muchas de las novelas de posguerra, *Zazie en el metro*, bajo la apariencia de una novela tradicional, deconstruye los códigos del género novelesco mediante la parodia y el humor. La trama se desarrolla en el seno de una sociedad francesa en plena mutación, en la que una serie de episodios fantásticos trastocan la realidad.

La adaptación cinematográfica de Louis Malle en 1960 confirma el éxito de la obra. En 2008, Clément Oubrerie la transforma en cómic.

RESUMEN

Zazie, una niña directa y espontánea, llega a la estación de Austerlitz con su madre, Jeanne Lalochère. Esta última, que viene a París para quedar con su «noviete»[1], deja a su hermano Gabriel el cuidado de su hija por dos días. La niña quiere coger el metro por todos los medios, pero el servicio no funciona debido a una huelga. Más tarde tendrá la ocasión de cogerlo, pero estará dormida y no será consciente de haberlo hecho. Visitan París a bordo del taxi de un amigo de Gabriel, Charles. Pero a Zazie no le interesa este recorrido turístico.

Llegan al apartamento de Gabriel, debajo del cual hay una taberna, La Cave, donde trabajan Mado Ptits-pieds, la camarera, Turandot, el jefe, y su loro, Verdolaga. Zazie cena y después se va a acostar. Gabriel habla con su mujer Marceline sobre lo que harán al día siguiente mientras se hace la manicura. Gabriel es un personaje cuya identidad es ambigua. La niña descubrirá enseguida su gusto por travestirse y no dudará en plantearle preguntas sobre su sexualidad.

A la mañana siguiente, Zazie explora el apartamento y descubre el «vaterclós» (Queneau 2011, 31) con alegría. En la calle se encuentra con Turandot, que la agarra. Este no se fía de ella y del impacto que puede provocar entre los habitantes del barrio. Para deshacerse de él, Zazie grita, lo que atrae la atención de los curiosos, que toman a Turandot por

---

1. Cita traducida por ResumenExpress.com

un sátiro (individuo voyerista, exhibicionista y perverso). Como consecuencia, se escapa y le comunica a Marceline que Zazie, que en realidad se ha ido a descubrir la ciudad, ha desaparecido. Gabriel sale a buscar a su sobrina y es detenido por Gridoux, el zapatero, que aun desconociendo el paradero de Zazie, hace como si lo supiera. Entonces Gabriel regresa a casa y se va a dormir.

Zazie, a la que las ganas de coger el metro siguen atormentando, llora ante una boca de metro cerrada. Un hombre al que ella toma por un sátiro se detiene y le pregunta sobre el origen de su tristeza. La invita a un restaurante en el que hablan sobre la muerte del padre de Zazie.

El hombre hace muchas preguntas, lo que molesta a la niña. Esta huye, pero él la atrapa. Zazie se da cuenta de que se trata de un «poli de carne y hueso» (Queneau 2011, 59). En el apartamento, el hombre se hace pasar por un pobre feriante llamado Pedro el de los Saldos. Cuando le acusan de vivir de la prostitución infantil, Gabriel revela que es una bailarina nocturna.

Zazie, que espía la conversación, escucha cómo el hombre le dice a Gabriel que «parece hormosexual»[2], y la niña se pregunta por el significado de esa palabra. No duda en preguntárselo más tarde al interesado y en utilizarla como un arma para obtener lo que desea. Gabriel echa a Pedro el de los Saldos del apartamento y se encuentra a sus amigos en un café, sin saber que este último también está ahí. Cuando lo ve, se desmaya, y después se va con Charles, mientras que

---

2. Cita traducida por ResumenExpress.com

Pedro se queda a comer.

Gabriel, Zazie y Charles observan el paisaje parisino desde lo alto de la torre Eiffel. Zazie le hace preguntas a Charles sobre su vida amorosa y sobre la sexualidad de su tío. A Charles, que no acepta su soltería, le exasperan sus preguntas y decide irse. Gabriel se queda solo meditando sobre su existencia. Un grupo de turistas lo rodea, creyendo que se trata de un guía. Aparece Fédor Balanovitch, el verdadero guía del grupo. Reconoce a Gabriel y le propone llevarlos de vuelta en su coche.

De camino a Sainte-Chapelle, Zazie manifiesta su descontento y amenaza a Gabriel con revelar su «hormosexualidad» si no bajan del coche. Cuando lo hacen, vuelven a hablar sobre la orientación sexual de Gabriel. La viuda Mouaque, una mujer burguesa, se entromete en la conversación. Los turistas vuelven a encontrarse a Gabriel y lo arrastran hasta el coche. La viuda grita, alborotando a un policía al que Zazie está segura de haber visto alguna vez y que dice llamarse Trouscaillon. En realidad, se trata del hombre que había abordado a la niña y que se había hecho llamar Pedro el de los Saldos.

Trouscaillon, la viuda Mouaque y Zazie suben a bordo de un vehículo que va hasta la Sainte-Chapelle. Cuando se enteran de que están buscando a los unos «raptores» (Queneau 2011, 106), el conductor se niega a continuar la ruta. A continuación, embiste contra un coche y la furgoneta de Fédor Balanovitch.

Más tarde, en la terraza de un café, Gabriel medita sobre

la vida e invita a todos los presentes a su espectáculo de danza. Zazie se une a él y vuelve a hacerle preguntas. Él le promete que le responderá esa misma tarde. También invita a Charles y a Mado, que se acaban de prometer. Unas horas después, Gabriel recoge a sus invitados a la puerta del cabaret. Después, travestido como Gabriela y presa del miedo escénico, no se atreve a subir al escenario. Cuando Marceline está sola en el apartamento, un hombre entra por la fuerza. Se trata de Pedro el de los Saldos, que se presenta como el inspector Bertin Poirée. Le declara su amor a Marceline, que se mantiene insensible a sus encantos y huye maleta en mano.

Por su parte, Trouscaillon habla de su triste destino con Fédor Balanovitch mientras espera que se cierre el cabaret. Cuando Gabriel y sus amigos van a tomar una sopa de cebolla tras la representación, Gridoux se da cuenta de que Trouscaillon es el sátiro que había seguido a Zazie esa misma mañana. Gabriel le increpa y la policía interviene, alertada por el alboroto.

Mientras se toman la sopa, Zazie dormita, Gridoux y la viuda Mouaque se pegan y Turandot intenta imitar a Gabriela. Toda esta situación disgusta a los camareros de la taberna, que provocan una trifulca. Gabriel y sus amigos piensan que saldrán de allí victoriosos, pero no cuentan con el grupo armado que les espera en la plaza Pigalle.

La viuda Mouaque se precipita en dirección a los asaltantes y es asesinada. Zazie se desmaya. Trouscaillon, que esta vez se presenta como Arún Arachide, se acerca con aires de vencedor. Es entonces cuando Turandot, Verdolaga, Gabriel,

Zazie y Gridoux se hunden en el suelo ayudados por un montacargas manejado por una misteriosa persona que los guía hacia el alcantarillado, donde se separan. Se trata de un túnel del metro, que está otra vez en marcha.

Jeanne Lalochère, acompañada por un hombre que le lleva la maleta y al que llama Marcel, se encuentra con su hija en el andén de la estación. Cuando le pregunta a la niña lo que ha hecho, esta le responde: «He envejecido» (Queneau 2011, 198).

ESTUDIO DE LOS PERSONAJES

Es importante señalar que los personajes de *Zazie en el metro* existen en gran medida al servicio del lenguaje. Los personajes como personas «físicas» revisten menos importancia que sus «voces». Por este motivo, el narrador ofrece poca información sobre el perfil físico y psicológico de los mismos.

Los protagonistas se pueden clasificar en dos categorías.

LOS PERSONAJES PRINCIPALES

Zazie

Es hija de Jeanne Lalochère y sobrina de Gabriel. Pasa dos días en casa de este último, y sueña con ver el metro. Lo cogerá una sola vez, pero estará dormida.

Zazie es el personaje más dinámico de la novela. Desconoce las normas de convivencia, es espontánea e impertinente, y su lenguaje es extremadamente vulgar. Acaba la mayor parte de las frases con un vibrante «mierda» (Queneau 2011, 10). No deja de cuestionar las palabras de los adultos, que no la impresionan. Los observa inquisitivamente, y sus preguntas les desestabilizan y les hacen reflexionar. Así, Zazie se convierte en el espejo de sus conflictos internos. Por ejemplo, le pregunta a Gabriel sobre su sexualidad («[S]i yo te preguntara si eres o no un hormosexual [...]», Queneau 2011, 93) y a Charles por el motivo de su soltería («Pues sí: son preguntas. Solo que son preguntas a las que usted no sabe contestar», Queneau 2011, 89).

Al final de la novela, le confiesa a su madre que «[ha] envejecido» (Queneau 2011, 198): los dos días que ha pasado acompañada de personas mayores le han hecho entrar en la edad adulta.

Gabriel

La verdadera identidad del tío de Zazie, de treinta y dos años, es incierta. Bajo un físico «corpulento» (Queneau 2011, 8) se esconde un personaje dulce y amanerado. Le encanta entregarse al espectáculo: es Gabriel de día, pero Gabriela de noche. Trabaja como travesti en un cabaret, y no duda en improvisar discursos filosóficos ante su público (Queneau 2011, 91-92). A lo largo de todo el relato, Zazie le pregunta sobre su «hormosexualidad», pero él nunca la reconocerá. Es Marceline, su mujer, quien lo revelará indirectamente al transformarse en un hombre, Marcel.

Trouscaillon

Es un personaje con múltiples identidades: aparece bajo el nombre de Trouscaillon, de Pedro el de los Saldos, de Bertin Poirée o incluso de Arún Arachide. Finge ser un sátiro, un agente de policía, un feriante, un inspector y hasta el «[p]ríncipe de este mundo» (Queneau 2011, 193). Dependiendo de la identidad escogida, combina de diferentes formas tres elementos fetiche: el sombrero, el paraguas y el bigote. También se habla de él como «el tipejo».

Su última identidad, la de Arún Arachide, aparece durante la batalla en la plaza Pigalle cuando declara: «[S]oy yo, Arún Arachide. El mismo que ustedes han conocido y a veces reconocido. [...] me complazco en recorrer mis dominios con los más variados disfraces adoptando las apariencias del error y la incertidumbre [...]» (Queneau 2011, 192-193).

Le confiesa a Gridoux que se ha «perdido» (Queneau 2011, 82) y que no sabe nada sobre él mismo. Al igual que muchos personajes, Trouscaillon carece de una identidad determinada y garantizada.

LOS PERSONAJES SECUNDARIOS

Jeanne Lalochère

Es la madre de Zazie, y aparece fugazmente al principio y al final de la novela. Es una mala madre que está demasiado ocupada pasando de novio en novio y no tiene tiempo para preocuparse de su hija. Sin embargo, el narrador la describe en varias ocasiones como una madre atenta y dispuesta a defender a Zazie.

Charles

Es un taxista de cuarenta y cinco años amigo de Gabriel. Busca el amor en la sección de Corazones Solitarios de las revistas. Le incomodan las preguntas de Zazie sobre su sexualidad, y tiene que enfrentarse a su mayor complejo: seguir soltero a su edad. Esta reflexión le empuja a pedirle matrimonio a Mado Ptits-pieds.

Marceline

Es la mujer de Gabriel. Se caracteriza por su amabilidad, por su dulzura y por su belleza. También es un personaje ambiguo que revela su verdadera identidad cuando sale de casa. En realidad es Marcel, un hombre.

Mado Ptits-pieds

También llamada Madeleine, es camarera en La Cave y se promete con Charles.

Turandot

Es el jefe de la taberna La Cave, y tiene un loro llamado Verdolaga al que lleva a todas partes. No se fía de Zazie, y «ya la ve[e] pervirtiendo a todo el barrio» (Queneau 2011, 20). Al final de la historia, cambia su identidad por la del loro.

Verdolaga

Es el loro de Turandot, y no deja de repetir: «Cotorreas, cotorreas. Siempre igual» (Queneau 2011, 185).

Gridoux

Es un zapatero y su negocio está cerca de La Cave. Es curioso y observa las idas y venidas de los transeúntes.

La viuda Mouaque

Es una viuda burguesa con mal de amores que se queda prendada de Gabriel y, más tarde, de Trouscaillon. Es asesinada durante el enfrentamiento de la plaza Pigalle.

Fédor Balanovitch

Es chófer de autobús turístico y es amigo de Gabriel. Es el

único personaje que impresiona a Zazie y que no la deja entrometerse en las conversaciones de los adultos.

CLAVES DE LECTURA

EL LUGAR QUE OCUPA EL LENGUAJE EN LA NOVELA

Raymond Queneau reivindica en el conjunto de su obra el uso de una lengua francesa contemporánea a la que bautiza «neo-francés», y que se enfrenta a un francés académico rígido y poco utilizado en la vida diaria.

El lenguaje ocupa un lugar central en *Zazie en el metro*, donde nos encontramos con este enfrentamiento entre el lenguaje erudito y el oral. Según Queneau, esta oposición constante demuestra que el lenguaje no es estable, sino que evoluciona sin cesar.

Asimismo, observamos una combinación de estilos y de registros extremadamente variados, así como un gran número de juegos de palabras, lo que da prueba de la flexibilidad del lenguaje. Esta absoluta libertad que se toma Queneau no solo le da a la lengua una dimensión cómica, sino que también permite que las palabras se alejen de la realidad y existan por sí mismas. Este juego con el idioma aparece en el nivel del léxico, en el de la sintaxis o incluso en la pronunciación.

- Empleo de léxico coloquial y de léxico erudito: «cotorrear» (Queneau 2011, 185), «majara» (10), «anafóricamente» (118), «ulteriores» (78).
- Uso de términos procedentes de otras lenguas y a veces escritos fonéticamente: «bluyins» (48), «bainai» (95).

- Empleo de giros orales y de una ortografía fonética: «chúpate esa» (8), «loqueacabasdedecir» (8), «peroquienapestasí» (7).
- Utilización de «coagulaciones fonéticas» (término empleado por el propio Queneau), es decir, aglutinaciones de palabras: «Charlesadaoelpiro» (93).

Además, en la versión original, escrita en francés, existen numerosos retruécanos y juegos de palabras en ocasiones intraducibles.

EL NARRADOR Y LA NARRACIÓN

El narrador es omnisciente, por lo que lo sabe todo de los personajes. Llega incluso a introducirse en sus pensamientos («Marceline se dirigió silenciosamente la palabra a sí misma para comunicarse la siguiente reflexión [...]»)[3].

También se muestra omnipotente y decide qué revelarle o no al lector. Así, nos enteramos bastante tarde de que Gabriel es un travesti, después de que el narrador haya dado numerosas pistas (trabaja por la noche y se pinta los labios, por ejemplo).

Finalmente, el narrador se ve ocasionalmente contaminado por los personajes y toma prestada su manera de hablar.

Además, el espacio dedicado a los diálogos es más importante que la propia narración. Esta está fuertemente deshilvanada.

---

3. Cita traducida por ResumenExpress.com

- Hay omisiones espaciales (en el capítulo 1, la escena pasa del bar al apartamento sin aviso alguno) y temporales (aunque se habla de ello durante toda la novela, el narrador no cuenta nada del espectáculo de Gabriel en el cabaret).
- Las descripciones son poco numerosas y a menudo son didascalias: «Para lo que has dicho. (Silencio.) —¡Qué asco de vida! —exclamó Madeleine (suspiro.) […]» (Queneau 2011, 152), «Para el carro (gesto). […]» (Queneau 2011, 99).

LA SOCIEDAD FRANCESA DE FINALES DE LOS AÑOS CINCUENTA

En la novela, asistimos a una transformación de la sociedad francesa de después de la guerra. *Zazie en el metro* describe fielmente y de manera crítica una sociedad que entra en la modernidad.

- La sociedad se americaniza: Zazie está fascinada por los «bluyins» (Queneau 2011, 48) y por la «coca-cola» (Queneau 2011, 136).
- La cultura de masas hace su aparición: Zazie cree ver actores famosos por todos lados («[Zazie] vuelve a sentarse y se cuenta el cuento de Perrault intercalando primeros planos de actores célebres» (Queneau 2011, 32).
- Algunos valores, como los patrióticos, se quiebran: «No me interesa lo más mínimo ese gordinflas con su sombrero de tontaina» (Queneau 2011, 13), dice refiriéndose a Napoleón.

Sin embargo, esta transformación todavía no es total y se

pueden observar algunos signos de una Francia anticuada: «El periódico dice que en París no llegan al 11 por 100 los pisos con cuarto de baño» (Queneau 2011, 7). Además, la ocupación alemana sigue muy presente: en la versión original de la novela, Jeanne Lalochère dice «Natürlich» («naturalmente» en alemán), aunque en la traducción al español esta palabra no se ha mantenido.

LA VERDAD Y LAS APARIENCIAS

A lo largo de toda la novela, Queneau juega con las apariencias. A veces es difícil distinguir lo verdadero de lo falso, lo real de lo imaginario. Esta confusión está presente en diferentes temas.

- La identidad. Trouscaillon es al mismo tiempo sátiro, feriante y policía. Para evitar a la muchedumbre encolerizada, Turandot ocupa el lugar de su loro Verdolaga y se mete en su jaula, después de plantearse esa opción (Queneau 2011, 195).
- La sexualidad. Gabriel lleva a Zazie a ver su espectáculo de travesti para que entienda por qué todo el mundo cree que es homosexual. Sin embargo, nos damos cuenta de que Gabriel es efectivamente homosexual cuando, al final de la novela, Marceline se convierte en Marcel. La ambigüedad que rodea su orientación sexual, por lo tanto, está muy presente.
- Los lugares: aunque viven en París, Charles y Gabriel no logran ponerse de acuerdo sobre el lugar en el que se encuentra «el bar de la esquina» (Queneau 2011, 15). También existe una gran confusión en lo relativo a la

identificación de los monumentos parisinos (Queneau 2011, 85).

El autor también engaña al lector con su título: aunque el primer objetivo de Zazie a su llegada a París sea visitar el metro, al final solo entrará una vez y estará dormida. En realidad, lo que debía constituir la trama principal de la novela no es más que un pretexto: de hecho, la ausencia del metro es lo que desencadena las diversas aventuras de Zazie y compañía.

También se evoca la temática del sueño: podemos ver la novela como una sucesión de sueños, especialmente a partir de la batalla de la plaza Pigalle en la que Zazie se desmaya. Asimismo, se cuestiona la realidad en la que se basa la obra («París es una ilusión [...] Y toda esta historia, el sueño de un sueño, la ilusión de una ilusión [...]», Queneau 2011, 91).

En las obras escritas durante períodos de transición (el de la posguerra, en este caso), es frecuente toparse con el tema de la confusión. Los valores en los que antes se apoyaba la sociedad se derrumban y la gente carece de referencias.

PISTAS PARA LA REFLEXIÓN

ALGUNAS PREGUNTAS PARA PROFUNDIZAR EN SU REFLEXIÓN...

- En *Zazie en el metro*, Raymond Queneau recurre en numerosas ocasiones a la intertextualidad: encuentre varios ejemplos y explique de qué forma sirven para enriquecer el texto.
- A lo largo de toda la novela aparecen considerables descripciones de olores, ya sea del perfume de Gabriel o de los olores del metro. ¿Qué efecto producen estas descripciones?
- ¿Cómo actúa Zazie ante la sexualidad de los adultos? ¿Y ante la suya propia?
- ¿Qué se dice sobre la ciudad de París? ¿Cómo la describe Zazie? ¿Cómo la perciben los turistas? ¿Y sus habitantes?
- En su opinión, ¿qué representa en realidad la presencia (y la ausencia) del metro en la novela?
- En esta obra, Gabriel declara: «Pero no se olvide del arte. En mi número hay algo más que risas: hay arte»[4]. ¿De qué manera se aplica esta afirmación a *Zazie en el metro*, por una parte, y a la obra completa de Queneau, por otra?
- Gustave Flaubert ha influido en gran medida a Raymond Queneau. En sus novelas, ambos tienen en el punto de mira la sociedad burguesa, aunque cada uno la observa desde una perspectiva diferente. Coméntelo.
- La cantinela que no deja de repetir el loro de Turandot

---

4. Cita traducida por ResumenExpress.com

como un disco rayado, «Cotorreas, cotorreas. Siempre igual» (Queneau 2011, 185), hace referencia a la llegada de la cultura de masas y a las ideas predispuestas que vienen con ella. Verdolaga no es el único personaje que recurre a tal fórmula. Señale otros que también lo hagan.

- Entre las novelas de posguerra también se encuentra *La espuma de los días* (1947) de Boris Vian. ¿Qué temas comparte esta novela con *Zazie en el metro*?

- Según Carol Sanders, autor de *Raymond Queneau*, «el lenguaje oral dista mucho de ser gratuito: es un recurso estilístico importante tanto por la estructura de las novelas de Queneau como por el significado de su obra. Puede que no sea sorprendente el hecho de que forma y fondo estén íntimamente ligados en sus poemas, sus poemas en prosa y sus relatos; sin embargo, esto también ocurre en sus novelas, y esto es menos común» (Sanders 1994, 7). Coméntelo.

PARA IR MÁS ALLÁ

EDICIÓN DE REFERENCIA

- Queneau, Raymond. 2011. *Zazie en el metro*. Traducido por Fernando Sánchez Dragó. Barcelona: Marbot.

ESTUDIO DE REFERENCIA

- de Beaumarchais, Jean-Pierre. 1994. *Dictionnaire des œuvres littéraires de langue française*, 2093-2094, vol. 4. París: Bordas.
- Sanders, Carol. 1994. *Raymond Queneau*. Ámsterdam: Rodopi.

ADAPTACIONES

- Oubrerie, Clément. 2008. Cómic *Zazie en el metro*. París: Gallimard, colección *Fétiche*.
- *Zazie en el metro*. Dirigida por Louis Malle, con Philippe Noiret y Catherine Demongeot. Francia, 1960.

EN RESUMENEXPRESS.COM

- Guía de la película de *Zazie en el metro* de Louis Malle (adaptación cinematográfica).